KB137029

풋잠에서 익은 꿈

풋잠에서 익은 꿈

2024년 4월 15일 초판 1쇄 인쇄 발행

지 은 이 | 변정용
펴 낸 이 | 박종래
펴 낸 곳 | 도서출판 명성서림

등록번호 | 301-2014-013
주 소 | 04625 서울시 중구 필동로 6 (2, 3층)
대표전화 | 02)2277-2800
팩 스 | 02)2277-8945
이 메 일 | ms8944@chol.com

값 10,000원
ISBN 979-11-93543-71-9

변정용 시집

풋잠에서 익은 꿈

도서출판 명성서림

저자의 말

나는 농사 군의 아들로 태어나 어릴 때부터 논밭을 가꾸면서 살아왔다. 따라서 내 감성은 논밭에서 농사짓는 일에서부터 우러나고 시작된다. 바람의 방향과 공기의 냄새만 맡아도 비가 올 건지 말 건지 거의 정확히 안다. 이렇게 자연의 삶으로부터 길든 생활 습관은 나의 천성이 되어 솔직 담백하다. 꾸밀 줄도 모르고 기교도 부릴 줄도 모른다. 보고 듣고 느낀 그대로이다.

먹는 것도, 까다롭지 않아 약간 쉰밥도 물 말아 풋고추에 된장이나 고추장 찍어 그냥 먹는다. 그러나 생선 비린내는 싫어한다. 헌데도 생선회는 싫지 않은 건 무슨 조화인지 모르겠다. 그러고 보면 생선 자체가 싫은 게 아니고 냄새가 싫은 것이다. 따라서 인품도 행위까지 안 봐도 말투에서 판단이 선다. 말 많고 허풍스럽고 제 자랑이 심한 사람은 몇 푼 안 된 인품이다.

글도 그렇다 내용에서 진실성이 없는 문장은 환멸이 느껴진다. 소설은 소설다워야, 하며 시는 시답고 수필은 수필다워야, 하는데 그렇지 않으면 흥미를 잃는다. 그런 점에 신경을 써, 정형시는 정형시답게 또 사설시조는 사설시조답게 풍자와 해학적인 문장을 구사하려고 했으며 의미 있는 내용을 담으려고 애를 썼다. 꼼꼼하게 살펴봐 주시고 모자란 데는 많은 지도와 편달을 바란다.

2024년 3월

서울 중구 남산 한옥마을

변정용

차 례

2부

3부

4부

5부

1부

5월의 밑그림

쇠별꽃 흰 속살에 박 초 바람 수작하고
보리 이삭 만삭으로 허리통실 굵어지면
까투리 장끼 콧김에
입덧하는 봄의 색정

나른한 봄볕 물고 진통하는 오후 한나절
양지바른 마당귀에 양수가 질펀할 때
라일락 젖비린내에
부화하는 햇병아리

찔레 순 꺾어 먹던 가시덤불 언덕 아래
장구배미 무논에 참개구리 볼 부은 소리
모내기 어서 서둘러
새참에 고수레하자네

가산의 언덕

손님맞이 가을볕 태 묻은 언덕에 누워
주인 떠난 빈집을 눈부시게 지켜보고
색바람 흘깃 스치며 가산*에 안부한다

물때 낀 수레바퀴 지친 듯 멈춰 섰고
벗은 몸 돌아서서 찬물만 끼얹는다
봉평장 손꼽아보며
눈자위 짓무르네

몸마저 내맡긴 채 빛바랜 하얀 시간
제 멍울 제가 안고 긴 여정 떠난 구나!
허생원* 만나거들랑
왼손잡이 살피라 하소

* 가산可山 : 이효석의 호
* 허생원 : 이효석의 「메밀꽃 필 무렵」 소설에서 허생원과 성서방네 딸이 물레방앗간에서 인연을 맺는다. 둘 사이에 태어난 자식이 허생원처럼 왼손잡이다

가을 산

머루 다래 품에 안고 애태운 가을 산
철없이 으스대는 떫디떫은 풋내기를
갈 볕에 데치고 우려
찬 서리 간을 한다

새털구름 문양 따라 사색에 수놓을 때
다람쥐 도토리 주어 겨울 양식 여투고
성숙한 삶의 갈무리
손톱 발톱 닳는구나

해거름 잰걸음에 산그늘 오지랖 속
고개 묵고 움츠려 무릎에 찬 바람나면
한뎃잠 등 시린 멧새
달빛에 온기 찾는다

가을, 인기척

갈바람에 목을 뽑아 발돋움한 살살이
밤송이 생살 터진 괴성에 휘둥그레지고
억새잎 예리한 칼날에
파르르 떨고 있는 가을

삼복도 장마에 젖어 한기로 으스스한데
가냘픈 벌개미취 가는허리 시리구나
갈 볕은 참깨밭에 앉아
우수수 한 사리 털어내고

인기척 없이 찾아온 새벽녘 무서리에
발 시린 중병아리 양지쪽에 한발 들고
한 톨의 따스한 햇볕
식기 전에 콕콕 찍는다

가 톨

밤톨 속 세 오누이 한 평 반 다락방
새우잠 자면서도
우애 좋은 사이지만
가 톨은
허기가 지고
중심 톨만 풍만하다

저 혼자 독식으로 등 따습고 배부른
남이야 굶든 말든
치사한 떫은 탐욕
알밤은
속내 보이고
염치없어 귓불이 붉다

갉아먹은 나이테

나이테 갉아먹은 늙수그레한 고목이
청솔밭 나목裸木으로 속없이 고상한 척
새 옹의 관솔가지는
방황하는 철새 쉼터 되고

모질게 할퀸 상처 피멍 든 속살마저
새살 차고 치유돼도 흠집은 남아 있고
켜켜이 포개진 연륜
육탈肉脫로 마음 비운다

거미줄

골목 어귀 그물 쳐 누구를 잡으려나,
청맹과니 곤충만 거미줄에 걸려들고
등불 든
개똥벌레는
에돌아 비켜 간다

달빛은 걸린 듯 새고 잡았던 이슬방울
살랑 랑랑 눈웃음에 뒷덜미 놓아주네
짹 하는
참새한테도
맥 못 추는 포승줄

검은 강

강물은 칠흑 같은 밤
갈 길 몰라 서성이고
그 깊이 내심조차
알 수 없는 검은 속셈
어둠 속
엎드린 적막
어 별을 잠재운다

검은 강 씻으려다
보름달 손톱만큼 닳지만
찌든 때 씻기지 않고
달덩이만 쪼그려 드네
오염된
세월을 품고
시커먼 버캐만 쌓인다

고향에 찾아와도

남도 천 리 지리산 자락에 이르면
스쳐 간 비바람에 빛바랜 인물화
만나는 사람들마다
'뉘기여' 물어본다

동갑내기 소꿉친구 자식들 집 떠나고
달랑, 두 늙은이 외로움 깁고 있구나
누더기 주머니 속엔
때 절은 추억만 가득

낯익은 북두칠성 옛 그 자리 아닌 듯
흐르는 별빛마저 싸늘하게 돌아서고
도래솔 굽은 허리엔
선산 걱정 한 짐이다

관념의 오해

참새는 지저귀고 꾀꼬리는 노래한다
그 속내 잘 몰라도 그렇게 들린다나
편견이
길들여놓은
그 생각 오해일 수도

섬뜩한 까마귀는 저승사자 전령인 양
일진이 사납다며 돌팔매질, 하지만
어버이
키워준 은혜
보답하는 반포지효反哺之孝

귀농 길

오솔길 비틀 배틀 저녁놀에 취한 듯
달팽이 자국 따라 논두렁길 밟아 가면
아직도 그 허수아비 훠이훠이 참새 쫓고

까칠한 엉겅퀴는 멱살잡이 찍자 놓고
고향 떠난 떠돌이 무슨 미련 남았기에
본가의 다 삭은 사립 슬며시 열어보나!

군불 지핀 아랫목 가래톳 선 다리 뻗어
온몸에 응어리진 피로 스르르 풀릴 때
팔베개 귀농의 용꿈 부농에 씨 뿌린다

까치설날

감나무 둥지 틀어
묵은해 갈무리하고
섣달그믐 지새운 속눈썹 세어질까,

새해에
부자 될 함박눈
장독대에 수북하고

겨드랑이 솜털에 명지바람 부풀어
때때옷 받쳐 입고
반가운 손님 기다리네

동산에
솟는 해 반기며
까치는 깡충거린다

네온사인

낮에는 없는 듯이 숨죽이고 살다가
해지면 허겁지겁 종종걸음 숨이 차
엄마 손 놓친 애송이
여기저기 기웃기웃

뜬눈으로 밤새워 헐레벌떡 쫓기며
급하면 깨금발로 훌쩍훌쩍 건너뛰고
헛바람 풀무질할 때
낯빛은 붉으락푸르락

빨강 파랑 꽃밭에 찾아드는 불나방
향기 없는 불꽃에 벌거숭이 살 데고
어둠 속 헤매는 길손
손짓하는 네온사인

녹물 드는 밤

캄캄한 골방의 벽 손끝에 느낀 옷걸이
와이셔츠 걸어두고 시커멓게 잠이 든다
물소리 어둠 씻을 때
옷깃엔 녹물이 들고

타관 땅 떠돌다가 찾아온 제 땅 까마귀
둥지 틀던 장송은 그 우듬지 꺾이고
검은빛 윤기 나는 날개
솔개그늘에 가리네

물이 샌 종 구라기 천은사에 갈증 풀고
깊은 밤 두견이는 반백 년을 안부한 데
도래솔 굽은 허리에
아쉬움이 한 짐이다

녹슨 햇볕

구름 낀 하늘 아래 마파람 습기 차고
햇볕의 푸른 시절 서랍 속에 녹슨다
명검도 임자에 따라
쓸모가 달라지는 법

텃밭을 묵혀두면 묵정밭 된다기에
철 따라 토질대로 파종하고 모종해도
강남의 유자 향기가
강북에선 탱자 맛이고

감나무 가지 끝에 바람꽃 피어날 때
달빛은 녹이 슬어 움츠린 까막까치
별 하나 가슴에 품고
새벽을 잉태한다

농심이 천심

봉천답 비렁뱅이 두 마지기 논바닥
언제나 거북 등으로 갈라져 목이 탄다
달무리, 서는 밤이면
행여 비 소식 기다리고
농심이 천심이라는 무지렁이 농사꾼
까맣게 타는 속을 농주 한잔에 달래고
새벽 귀 낙숫물 소리
창문 밖의 환청인가,
습기 찬 마파람에 비릿한 바다 내음
냇가에 매어 놓은 새끼 밴 늙은 암소
소낙비 우 두둑 쫓아도
발자국 하나둘 세며 간다

달집의 전당

월계관의 집

아무나 오르지 못한 보름달의 계수나무
담 높은 자존의 전당 해거름에 들렀건만
그대들 보이지 않고
둥지마다 깃털이네

우듬지 보금자리 바람 따라 강남 가고
그 흔적 지워질까, 정독*으로 박음질하여
홍예문 도드라진 빛
수미산을 장식한다

뿌리 깊은 정이품 松 나이테 뭉그러져도
본성대로 그루터기에 새순이 돋아날까?
누천년 간직한 명맥
한반도의 중추인데

* 정독 : 옛날 경기고등학교 자리가 지금은 정독도서관으로 되어있다

대보름, 서정

하얀 솜 짊어지고 허리 휜 버들개지
굽히면서 견디는 흐늘거린 처세술로
속없는 청 대나무에
강하면 부러진다고

귀밝이술 한 잔에 우이독경 귀 뚫린
괴발개발 초서체로 휘갈긴 이두문자
꽃바람 타던 풍월로
'立春大吉' 읊는다

대보름 식전에 친구 불러 더위 팔고
동정 뜯어 달집에 액막이 불사를 때
반야봉般若峯
빛고운 보름달
반야탕般若湯에 취한다

덤터기 쓴 주름살

봄가을 물굽이가 만들어놓은 흔적인데
이 빰치고 저 빰쳐 체면이 말이 아니다
안면이 뭔 죄목으로 거울 보는 앞에서

속상해 생긴 이맛살에 짜증이 자글자글
활짝 핀 검버섯 꽃무늬가 조 삽 하다며
제 얼굴 제가 만들고 조상 탓하는구나!

거푸집에 주물 부어 원형대로 구웠건만
심보는 그냥 두고 낯바닥만 땜질해 놓고
덤터기 쓴 주름살에 온갖 괄시 다 한다

도래솔

해거름 노을 밟고 솔바람 건너올 때
가지마다 솔방울 쥐고
까불까불 솔잣새 부른다
모실 잠
떠돌이 부부
둥지 틀어 쉬게 하고

제수 상 받쳐 들고 허리 굽은 도래솔
저 멀리 손차양하며
바라보는 타관살이
집 떠난
외면한 先山을
홀로 남아 지킨다

2부

뙈기밭, 애호박

뗏장 뿌리 얼크러진 묵정밭 일구어
괭이, 삽 부싯돌에
그 열정 불꽃 튀고
뙈기밭
한 평 남짓 터
서정의 씨앗 뿌린다

초저녁 작달비에 호박넝쿨 고사리손
번갯불 앗! 뜨거워
손가락 오므리고
애호박
젖 떨어질 즘
된장국 입맛 돋운다

망월동 달무리

성숙한 봄 햇살이 담장 밑에 오글대고
보리 이삭 배불러 허리 통실 굵어지면
찔레꽃 오월의 향기 샛바람 타고 노네

무등산 늦서리에 작설차 잎 검게 타면
사냥개 짐승몰이에 꽁지 빠진 까투리
명포수 허리에 엮인 훈장은 삐까뻔쩍

오색구름 차양 쳐 산 더덕 향 피우고
비문 읽는 쑥국이 꺼~억 꺽 목이 메어
보름달 달무리서고 눈시울이 붉어진다

매미의 강짜

이슬도 걸러 마신 싱겁디싱거운 녀석
고춧가루 매운맛 쓸개에 저려두고
폭풍우 휘몰아칠 때
강짜 부린 매미 바람*

싹쓸이 천하 평정, 해도 달도 지워버린
비 젖은 망사 날개 부뚜막에 말리고
먹구름 울먹거리면
맴 맴 맴 달래본다

쨱 하는 참새 주둥이 고 입에 물려가며
한 소리, 파란 소리 창공에 획을 긋고
얼씨구! 색바람 맞아
번데기로 둔갑하네

* 매미 바람 : 2003년에 있었던 태풍의 명칭

먼산바라기

늦장마 무더위에
대지는 후줄근한데
벌개미취 젖은 허리
여우볕 쬐고 있네
억새잎
색바람 맞아
갈옷으로 갈아입고

가냘픈 허리 펴는
속없는 먼산바라기
뭉게구름 올려보며
발 뒷굽 곧추세워
해 질 녘
산그늘 내리면
옷깃을 추켜세운다

목멱산, 하루

북악산 마주한 채 가부좌 튼 목멱산
발치 아래 한강 둔치
샛강을 흘려보내고
속 쓰림
훑어내리며
가슴앓이하고 있다

북촌의 회리바람 마파람에 잠재우고
소쩍새 달빛 그늘
별자리 살피면서
여린 귀
손바닥 귀로
풍문에 귀 기울인다

몽돌로 살기

이부자리 끌어 덮고
발길질 부대끼며
부딪히고 살 비벼
속엔 말 구시렁거린
볼 부은
푸념 소리에
몽글게 귀 닳는다

등대고 오순도순
하얀 밤 지새우는
살가운 이웃사촌
흉허물 감싸 안아
밀물과
썰물의 갈등
해소하는 속삭임

미명에, 살다

작달비 그친 새벽 매미 소리 왁자하다
덜 마른 빈 하늘에 15촉 전등 서너 개
모기떼 땀 냄새 맡고 앵벌이 한창이다

눈부신 아침햇살 나팔꽃 눈 비비면서
한입 가득 선잠을 하품으로 쏟아낼 때
와룡묘* 향불 피우고 목멱산* 일깨우네

돌계단 성큼성큼 올라선 남산팔각정
가위눌린 악몽을 '야호~야호' 털어내고
한강은 잠투정하는 어   별을 다독인다

* 와룡묘臥龍廟 : 중국의 제갈공명을 모신 사당
* 목멱산 : 남산 순환도로 서쪽에 위치함

박제된 그림자

틀 속에 갇힌 세월 박제된 흑백 그림자
이승 저승 중간에서
지친 몸 쉬고 있다
네모진
정자에 앉아
골똘하게 궁리하면서

지난날 돌이키며 자~잘못 따진다 한들
아직도 애옥살이
면치 못한 주변머리
만찬에
예수보다 더
깊은 시름에 잠겨 있다

반딧불이

아폴로 포탄 맞고 부서진 달빛 조각
갑야엔 참외밭에 별똥별로 흩어지고
한밤에
모기 뜯기다
해 뜨면 견우화로 핀다

이슬비 내린 저녁 호박꽃 찾아들어
젖은 날개 말리고 하룻밤 묵어가며
빈집에
촛불 밝히고
형설지공 쌓는다

반포 조 선물

홍시

우듬지 옹색한 자리 발밑은 천길만길
왜바람 사나우면 감잎 뒤에 숨었다가

찬 서리 코끝 매울 때
혈혈단신 홀로 붉다

떫은맛 풋풋하던 백중 무렵 벌거숭이
땡감에 속이 다려 된장 국물 마시고

벌레가 먹다 버린 홍시
까마귀 효도 선물 되네

밤마실

금성에서 팔매질한 별똥별에 맞았는지
눈퉁이 퍼렇게 멍이 들어 보기 흉하고
대낮엔
누가 볼까 봐
밤마실 나다닌다

습기 찬 마파람에 비릿한 갈치 냄새에
허기진 고양이 생선가게 기웃거릴 때
보름달
색안경 끼고
우주 별 부모님 찾네

백단심계* 무궁화

앞가슴 옷섶 여미고 따스한 햇볕 쬐는
여의도 둘레 길에 수줍은 앳된 모습
무궁화 백단심계 꽃
애옥살이 주름지고
의사당 들러리로 민의 선량 수행하며
얼마나 달여야만 근 화 뿌리 보약으로
진딧물 닦고 닦아야!
백성이 건강할 텐데
원님 수청 싫다고 장님께 정 준 아씨
베어진 목 울타리에 처박힌 백단심계
무궁화, 꽃으로 피어
일편단심 보여주네

* 백단심계 : 고을원님의 수청을 거부한 죄로 죽임을 당한 어느 댁 아씨가 자기 집 울타리 밑에 버려졌는데 그 자리에 꽃이 피어, 그 꽃을 후세 사람들이 '백단심계 무궁화'라고 한다는 얘기

벌거벗은 숲

해신당*

1

성난 사내놈 그것과 똑같아 민망하다
힘차게 꺼덕거린 그 위용도 뻔뻔스럽고
난바다 거친 파도는
오늘따라 골이 깊다

낯 뜨거운 익살에 해학문학 홍조 띠고
새침데기 아낙네들 실눈 속에 담아두나!
황혼빛 서늘해져도
불씨처럼 이는 정념

2

해신海神의 질투인가 철모른 애랑아씨
애바위 아늑한 곳 세찬 해풍 쓸어가고
덕배의 성난 그것은 삿대질 고작이다

지척에 그리움 두고 못 맺은 안타까움
해무 속 손 내밀어 손사래 치는 하소
해당화 여린 꽃망울 물안개에 젖는다

* 해신당 : 애랑이와 덕배는 옛날 강원도 삼척 신남마을에 살았던 처녀, 총각으로 장래를 약속한 사이였다. 어느 날 애바위에서 애랑이가 해초 작업을 하던 중, 풍랑을 만나 목숨을 잃었고, 그 후로 바다에서 고기가 잡히지 않자, 마을 사람들은 죽은 처녀의 원혼을 달래기 위해, 실물과 똑같은 남근을 만들어 제사를 지냈다고 함. 그런 후로 고기가 많이 잡혔다는 전설이 전해지고 있으며, 지금도 이 마을에서는 해신당을 지어 매년 정월 보름날과 음력 10월 5일에 남근을 깎아 제사를 지낸다고 한다

보름달 순산

잠투정 심한 호수 밤이슬로 잠잠하고
뱃가죽 등에 붙은 하현달 길 떠날 채비
허기진
배 움켜쥐고
보름달을 잉태하네

입덧에 핼쑥한 얼굴 서역 땅 발품 팔아
대보름 달집 짓고 쥐불놀이 한창인데
달덩이
훤한 옥동자
덩그렇게 순산한다

보리 싹 같은 숨결

서천에 기러기 날고 밤안개 자욱할 때
문 틈새로 석별하는 선달그믐 해넘이
다리품
팍팍한 하루
가래톳 서는구나

가로등 불빛 따라 발밤발밤 돌아온 길
설날 아침 해돋이 모둠발로 맞이하고
새 생명
보리 싹 같은
숨결이 파릇파릇하다

봄, 넉장거리

세안에 어름 박힌 땅
아침 햇살에 부풀려져
경칩도 벌써 지나,
목련화 피었는데
빙판에
넉장거리 봄
온몸에 멍투성이다

한눈팔고 해찰하다
긴긴 하루 저무는데
섬진강 은어 떼는
봄빛 물고 자맥질하네
노고단
고로쇠나무
젖 빨려 수척하고

봄을 빚는 손길

눈길 아직 미끄럽고 목덜미 싸늘한데
노들강변 개나리 설익은 봄볕 쬐며
시린 손
조막손으로
꽃망울 보듬어내고

꾸물댄 설한풍은 처마 끝에 서성이고
담장 밑 햇병아리 여린 햇살 헤집어
봄 한 톨
콕 찍어 삼키고
물 한 모금 꿀꺽한다

봄의 길목

가파른 산등성이 미끄러지며 넘을 때
응달진 도린결 멀리
양지 밟아 찾아온 봄

매화 소식 오다말고 하룻밤 묵어온 길
시린 몸 녹이려고 계룡산 들렀다가
설 해 목 깊은 상처로
신음이 안쓰럽구나

북악산 잔설에서 바람꽃 피어나고
눈바람 사나워도 노들강변 개나리는
새봄의 솜이불 속에
노란 꿈이 부푼다

봄의 허기

동구 밖 언덕바지에 잔설이 얼 부풀어
덤불 속 찔레 순은 꽃샘추위 앙다물고
새벽길 숨차게 달린 햇살은 코가 맵다

허리 굽은 도래솔 한낮 볕 무동 태우고
스쳐 간 앵한 바람에 옆구리 설렁하다
잘 익은 봄볕은 고여 다북쑥 키워내네

마당귀 지붕 그늘에 땅거미 포개질 때
보리밥 뜸 들인 내음 처마 끝 서성이고
주린 배 움켜쥔 상현 부억을 기웃댄다

불사른 육십갑자

기묘년 섣달그믐 육십갑자 환갑 맞아
험한 길 한 바퀴 돌아 헉, 헉, 숨차다
초행길 천둥벌거숭이
발가락 상처뿐이고

긴 여행 끝마치고 종착역 들어선 사내
후회도 두려움도 술기운에 잠재우고
화염 속 펄럭거리는
일기장 소멸한다

머물던 곳곳마다 홍사초롱 불을 밝혀
손차양 뒤안길에 발자국 흔적 지우고
갈대꽃 피는 언덕에
하얀 숯이 되는구나

3부

뾰로통한 석류

소나기 함초롬히 비 맞는 석류나무
가지마다 농협 마크 주렁주렁 매달고
신산한 농민의 심정 뾰로통한 저 얼굴

모기에 물린 자국 진득진득 진물 나고
뙤약볕에 목이 말라 입술은 부르튼 데
하얗게 웃는 마음에 속에선 핏발선다

영글지 못한 잇속은 냉해로 희멀겋고
담배 연기 깊숙이 빨아들인 저 핫아비
장독대 복장 끓이다 사립문을 나선다

사람 人字 쓰는 이유

해거름 서쪽 하늘에 사람 인자, 쓰고 간
저 기러기 말없이 메시지 띄운 이유를
곰곰이 생각해 보면 알 것도 같구나!

사람 노릇 못하면 금수와 뭐가 다른가
뼈 바르고 살 발라 키워준 어버이 은혜
깨달은 까마귀한테 돌팔매질은 왜 하냐,

맹목적 내리사랑 비뚤어진 인성교육이
오냐! 자식 되어 부모님께 불효할 때
패륜아 개망나니로 손가락질 받게 되지

사슬에 묶인 분재盆栽

무슨 죄 저질렀기에 꽁꽁 묶인 몸인가,
사지가 비틀려도 아얏소리도 못 하고
죄진 놈 따로 있는데
애먼 사람 욕뵈는구나!

꼬락서니 묘하다고 그것도 죄가 되는지
주리 틀고 포박해 옴짝달싹 못 하게
요 꼴로 만들어놓고
동네우세 시킬 참인가

이보다 흉물스럽고 훨씬 더 요상 해도
낯 들고 버젓이 백주대로 활보하던 데
분재는 하도 분하여
심보까지 뒤틀린다

삶의 도전

남들은 엄두도 못 낸 걸 덤벼든 무모함
겁먹고 누울 자리 찾는 물렁팥죽 보다
행운도
만용에 박수를
벅차면 악이라도 써라!

땀 빼고 실패한대도 장기판 훈수보다는
귀빰 맞지 않는 것만도 다행이지 뭐야
해 봐라!
해지기 전에
달뜨면 무지개는 없다

샤론의 장미

아가서의 사랑받던 저 샤론의 장미화
새하얀 꽃잎 속에 번지는 선홍빛은
절두산 언덕에 뿌린
순교자의 선혈인가

새벽이슬 맞고 '무궁화꽃이 피었습니다'
술래는 실눈 뜨고 동쪽 하늘 살피며
봉창 밑 덜 깬 선잠에
돋을볕을 찾아내고

미명에 피었다가 뇌성벽력에 놀라고
멍든 꽃잎 접어 어스름에 지는 꽃송이
핏발선 뜨거운 열정
물안개에 돌올하다

선무당 장구 탓

늦더위 뭉그적대며 가을 들판 태우고
달궈진 땅거미가 지붕 아래 숨어들 때
허공에 빗금을 긋는
가오리연 횃불 하나

몰랐다 몰랐어, 그게 아버지 혼 불인지
가지 말라 말릴 걸 다시 못 올 길인데
천축엔 초행이면서
어두워지면 어쩌려고

충수염을 모르고 무당 불러 푸닥거리만
이제는 괜찮은지, 점잖게 웃고 계시네
무의촌無醫村 산간벽지엔
선무당 장구 탓한다

선홍빛 뜬소문

파닥거린 물결을 다독이는 미풍에
갈대숲 속삭이며 쉬쉬 손사래 치고
물방개 잠방거리며
물살 무늬 그린다

헛배 부른 참붕어 가랑가랑 숨차고
아가미 선홍빛이 회임한 것 같다는
뜬소문 말문이 막혀
입술만 벌름벌름하네

하얗게 거품 물고 우 우 우 몰려와
모아둔 버캐를 벼락 치듯 메치는
제 성질 못이긴 파도
너럭바위에 패대기친다

소쩍새 가슴앓이

남산은 가부좌 틀고 북악을 응시하다
순리 따라 흐르는 한강에 깨달음 얻고
어 별에
타이르기를 "낚싯밥 조심하라"

육백 년 풍진 역사 쉬쉬하며 이룬 야화
치맛말 자락~자락 주름잡아 박음질하는
소쩍새
차마 말 못하고 가슴앓이 하는데

목멱산은 알고 있다, 단종의 애석함을
사육신의 충성심 환하게 알면서도
그 고변
발설치 못해 두고두고 혀만 찬다

속상한 양파

눈물 짜고 훌쩍이며
벗기고 또 벗겨내도
앙심 없는 허벅살만 켜켜이 다져있네
깊은 속
가슴앓이로
흐물흐물 짓무르고

멍든 속살 눈에 띌까?
속에, 속에 감추고
망사 자루 둘러메고 골목길 누비면서
고추장
찍어 삼키며
맵고 아리게 살아간다

손거울

립스틱 바르려고 손거울 비쳐 보다
잇새에 끼어있는 고춧가루 빼내기도
뒷모습 볼 수 없지만
면상 똑바로 뵈는 면경

보고픈 데만 보는 자기만의 손거울
딴 데는 못 본 체, 시침 뗀 저 능청
제멋에 겨운 흡족은
입꼬리 귀에 걸린다

솜털 검은 참새

솜털 검은 수새가 제 잘난 척 뽐낸다
힘세고 용맹한 양 무리를 이끌어도
새가슴
방망이질에
두 근 반 서 근 반이고

가슴에 먹칠하여 어깨 펴고 으스대지만
난추니 부릅뜬 눈 주눅 든 수새란 놈
장딴지
회초리 맞고
체통 없이 폴짝폴짝 뛴다

세어버린 물정

어디서 봤던 모습인데 거기가 어디인지
유리 벽에 나타난 낯설지 않은 저 모습
그림자 뉘앙스 속에 얼비친 내 유전자

겉 다르고 속 다른 내숭 떨며 영계인 양
부리 갈고 깃털에 묻은 때 닦아보아도
골격은 변하지 않고 기본은 그대로인데

벌레 먹은 홍시 말고 서리 맞은 연시가
화장기 없는 민낯에 자연미 더 해지고
물정은 세어버리고 양념으로 맛을 낸다

숙성된 속울음

오뉴월 뙤약볕에 오이장아찌 담가놓고
입맛 잃은 내년 봄 점심상 보려는데
뇌성이 큰 칼 빼 들고
내놔라 윽박지른다

감나무 그늘 속에 매미 소리 잠잠할 때
서슬 퍼런 땡볕은 구름 속에 숨어들고
젖꼭지 무는 애호박
꽃잎 품에 옹알이하네

비에 젖은 망사 날개 여우볕에 말리며
벽오동 넓은 잎에 속사정 쏟아붓는 매미
허파 속 숙성된 울음
찰찰 하게 토해낸다

쌍둥이 손금

보채는 안타까움 그 모습 보듬어서
가만히 차창으로 가물가물 흩어질까
거미손 손바닥 펴고
손금을 맞춰본다

반백 년 훨씬 넘어 앳된 모습 얼비친
엄마 젖 이쪽저쪽 함께 빨던 쌍둥이
휴전선 남북의 창에
판이한 두 얼굴

땅 갈라 금줄치고 울 넘어 삿대질에
기러기 오고 가는 하늘호수 물길 틔면
새벽녘 해장 걸음에
생일상 함께 받을 자매

아리송한 신비

물안개 덮어쓰는 수상한 저 인수봉
우뚝 솟은 웅장함이 도봉의 심벌인 듯
밤이면
아무도 몰래
선녀를 안아주고

등산객 부끄러워 아랫도리 가렸건만
짬 모르는 바람결이 눈치 없이 걷어챈다
자연은
아리송하고
신비로운 존재이다

아사달계 무궁화

누구를 간절하게 기다려본 적이 있던가
한순간 툭 떨어지는 박절함의 아쉬움에
상사화 애련 따위는 선불리 말하지 마라

뜨겁게 달아오른 연정에 황 촛불 켜고
아사달의 초상화 수놓는 아사녀의 비련
보름달 연못에 띄워 연꽃으로 피어보리

일국의 나라꽃은 황족을 기쁘게 하지만
가슴에 피어나는 무궁화 백성을 품는다
서민의 민주주의 꽃 근화동산 피고 지고

안태본 실루엣

비바람에 퇴색한 안태본의 풍경화
버리고 돌아서서 까맣게 지우고 살다
빈 가슴 허허로울 때
물감 풀어 단청한다

무릎걸음 발짝 떼며 손때 묻은 고샅길
한 골목 동갑내기 딸 자랑 열 내더니
딸 따라 이민 가서는
아직 소식 한 장 없네

무논에 개구리는 뭐가 그리 불만인지
부릅뜬 두 눈으로 볼멘소리 투정하고
먼 세상 부모님 숨결
바람결에 아련하다

애년艾年의 영혼

약쑥 자란 벌판에 하늬바람 불어올 때
흰머리 풀어헤쳐 북쪽으로 달려간 날빛
황혼의 가오리연은 불붙어 멀리 나르고

낮달이 숨차하며 희뜩 번뜩 줄행랑치며
가는 곳을 물어봐도 바쁜 듯 대답 없다
애년에 떠날 요량이면 귀띔이나 해주지

되몰아쳐 쫓걸랑 자식 어리다 핑계 대고
옆으로 비켜섰다 한숨 돌리고 떠났어야!
한 생애 어질러놓고 돌아선 반백의 영혼

야윈 그림자

비 그친 이른 새벽 시월 스무사흗날
뜰 앞에 낯선 모습이
젖은 땅에 누워있다
뼈마디
툭툭 불거진
야윈 그림자 거느리고

썰렁한 빈 하늘 갈 길 바쁜 조금 달
새벽녘 종종걸음
가쁜 숨 몰아쉬고
헐벗은
자귀나무는
식은 달빛 쬐고 있다

얌생이

간 큰놈이 얌체보다 차라리 사내답다
야금대는 버릇에 순치된 좀비*의 습성
사바는 얌생이들의 풀밭이고 목장인가,

솜털까지 먹칠하는 몰염치의 철판 깔고
염통에 난 개털로 으스대는 곱사춤이
옴 붙은 양심 머리에 그 속내 가렵겠지

사타구니 부스럼 엉겁결에 긁적거리고
치부가 드러날까 뒤돌아 얼굴 붉히네
큰소리 펑펑 쳐봐야 저린 발 어줍기만

* 좀비(zombie) : 서인도 제도의 미신으로 죽은 자를 되살아나게 하는 영력이나 그 힘으로 되살아난 시체. 남의 도움으로 생명을 유지하는 무기력한 사람을 비유적으로 이르는 말

4부

어머니 오목가슴

툭하면 명치끝이 아프다는 그 말씀
이제야 생각나네 어머님 오목가슴
해당화 꽃잎 같았던
그 흔적 아직 삼삼하다

속 썩인 자식들 가슴앓이가 응결된
애정의 덫으로 생긴 종기가 아닐까,
그 흉터 왜 생겼냐고
물어나 볼 걸 그랬어!

젊어선 안 뵈더니 흐려진 망막 속에
마음의 싹이 터 샛별로 뜨는구나!
바늘귀 꿰기 어려워도
사물의 본질 꿰뚫어 본다

여름밤, 포옹

그믐달 야윈 몸이 한눈팔고 해찰하다
먼동 트는 하늘길 종종걸음 바쁘다
미명에
달빛 포개고
새벽녘 걷는 그림자

붉은 입술 장미화 이슬방울 촉촉함이
참새들 눈에 띄어 구설에 오를 때
우물가
아낙네들은
입방아 죽이 끓는다

여울목, 송사리

여울목 거센 물살 흐름 따라 노닐다
낚시질 미끼에 속고 투망에 싸잡힐까
돌팍 밑 오두막 짓고
가슴 죄며 살아간다
언덕 밑 수양 그늘 지친 몸 쉬려다가
긴 수염 메기에 모골이 송연하고
하얗게 겁에 질린 채
지느러미 치가 떨리네
땅거미 홑이불 속 가위눌린 잠꼬대에
가슴이 두근두근 황혼이 포근하며
초승달 희미한 촉광
삯바느질 애옥살이다

연금된 계절

봄여름 가을 겨울 한 방에 연금되어
세상과 단절하고 합숙 훈련 땀 흘린다
푸성귀 물정 어두워 눈밭에 맨발이고

달랑거린 풋고추 모양새는 그럴듯해도
여린 속, 씨가 물러 비린내만 씹힐 뿐
허우대 훤칠한 놈이 실속은 맹탕이지

땡볕에 땀띠 나고 벼락 맞은 대추 씨
소슬바람 무서리에 코 매운 한 생애로
떫은맛 우리고 달인 영양가 진국이다

올무에 걸린 한반도

허리띠 졸라매고 힘 한 번 쓰렸는데
반세기 훨씬 넘도록 자꾸만 죄어드는
올무가 될 줄 몰랐네
이 노릇을 어찌하랴!

꽁꽁 묶인 쇠사슬 빨갛게 녹이 슬고
깊게 파인 상처에 새살이 찬다 해도
그 흔적 지우지 못해
화인火印으로 남겠구나

남북의 깊은 상처 핏줄로 봉합하여
속삭이는 꽃바람 남남북녀 살풀이에
동방의 화촉 밝히고
근화 동산 꽃 피우자

왕복 승차권

잠깐만 쉬었다가 때 되면 가야 한데
언제쯤 떠날 건지, 그곳이 어딘지도
빈손에 차표 한 장뿐
하늘 멀리 손차양한다

구부러진 등허리 한 생애 짊어지고
해거름 산마루에 가쁜 숨 헐떡이며
꽃구름 비탈진 언덕
흰 그림자 드리우네

대기실 서쪽 창문 기웃거린 황혼은
무슨 미련 남아 저렇게 서성일까?
행여나 다시 돌아올
왕복 차표 사려는 건가

왼쪽 귀 가려울 때

남의 말 이러쿵저러쿵 떠버리 수다쟁이
애먼 소리 들을 때 왼쪽 귀 간지럽다
귀 문이
크고 넓어서
남 말 쉬 곧이듣고

헛소문 바람 타면 먹구름 시끄러울까 봐
귓속말 소곤소곤 쓰다듬어 잠재우고
귀지를
후비는 면봉
녹슨 소문 닦아낸다

용 살이 도랑물

모자란 데 채워주고 쉬엄쉬엄 흘러
버들개지 수염 씻는
웅덩이에 머물고
가다가
물길 막히면
돌아, 돌아서 간다

송사리 붕어 새끼 품 안에 노닐다가
맑은 물 구중 켜놔도
가만히 성 삭인다
한 마리
용을 키우는
웅숭깊은 도랑물

우물 안 개구리

달력 보고 뛰쳐나와 함박눈 둘러쓰는
퉁방울눈 끔벅끔벅
경칩 아닌 대설인가!
개구리
나이가 들어
치매기 엿보인다

하늘빛 어지럽히며 헤매 도는 뜬구름
보고들은 세상 물정
우물에 쏟아붓지만
아낙들
죄 펴 올리고
맹물만 마시는 맹꽁이

은한 강의 절규

"단숨에 핑 다녀올게" 솜털 보송한 사내
애티 난 웃음 띠고 새벽녘에 떠났다가
흰머리 나풀거리며 '만남의광장' 서성댄

눈자위 짓무르도록 하마하마 기다렸던
그 새 옹, 왼발 짓에 솜방망이 복장치고
한쪽을 돌려세우는 마음 저린 애절함을…

"사람 못 할 짓이다" 피 터지게 절규해도
휴전선 그어놓고 출렁다리 갈라놓고
반백 년 중립지대에 은한 강은 숙연하다

은행나무, 까치집

왜바람 몰아치면 어지러워 현기증 일고
안전하게 골라잡은 꼭대기 보금자리
등잔불 심지 돋우는
애옥살이 시름 깊다

청룡 혈 백호 자락 육백 년을 품은 자리
땅 기운 진 빠진 듯 한쪽 날개 접는다
까치집 공손수 떠나!
어느 곳에 머물 건가

북악산 푸른 지붕 은행잎 노랑물 들어
햇살도 풀이 죽어 턱 괴고 졸고 있구나
경복궁 궐문 여닫는
돌쩌귀도 삐걱거린다

자물통

다물고 앙다물고 쇠고집 무뚝뚝이는
주인장 엉너리에 헤벌쭉 가슴 열지만
낯선 놈 비비적대면
귀먹은 척 묵묵부답

어쩌다 색안경 낀 낯선 놈 나타날 때
납덩이로 하얗게 굳어버린 몸뚱이가
시침 뗀 위장행위로
가슴이 콩닥거리고

어줍고 굼뜬 몸짓 빡세다며 버림받고
나긋나긋 상냥해도 헤프다 바꿔치기
곳간에 쌓인 부정품
녹슨 자물통 채운다

잔설殘雪의 오기傲氣

동남풍 꽃바람 타고 미련 없이 떠날걸
응달에 엎드린 채 고집부린 천덕꾸러기
토라져 웅크린 고집 심보에 오기 가득

자목련 눈에 띌까 민망하고 쑥스럽다
흘끔흘끔 곁눈질로 양지쪽을 시샘하며
남루한 오두막집에 애옥살이 부끄럽네

하이힐 신고 내로라 뽐내는 잘난 그녀
주는 것 없이 미워 심술이 발동할 때
죽은 척 엎드렸다가 발 뻗어 걷어찬다

장군 멍군

얼룩진 볕살 쓸고 정자나무 그늘 밑에
허리춤에 手를 차고 장기판 마주한다
호쾌한 너털웃음에
시름 따윈 줄행랑치고

거듭된 일진일퇴 꼼수 암수 작전 펴며
兩 진영 卒만 죽고 승패는 아직 몰라
땡볕은 훈수하다가
빰 한 대에 물러난다

漢 나라 車 앞세워 장 받아 장이야 장!
楚 나라 包를 넘겨 멍군 장군 역공에
한 手만 물리자는 말
천만에, 뒤집힌 장기판

장닭, 하늘을 열다

계관 쓰고 목청껏 하늘 높이 외칠 때
밤기운 사라지고 온갖 잡귀 혼비백산
동 살에 어둠 걷히고
사립문이 열린다

새벽잠 날개 털고 임의 품도 개키며
천하에 홀로 잘나, 으스대는 저 거동
아마도 봉황의 후예
품성이 귀골인가 보다

하늘도 거역 못하는 당당한 부르짖음
그한테 '장'자가 붙은 이유 알만하다
지구촌 새벽을 여는
희망의 메신저여!

주운 삶

임자 없는 빈방에 무심코 들었는데
누군가 먼저 와서 숙박부 적어 놨네
“아무개 왔다 가노라”
글씨도 선명하게

또 오지 않으려면 흔적을 지워야지
젖꼭지 묻은 침 마르기도 채 전에
이운 꽃 짙은 향기에
떡잎은 시들 마르고

습득한 지갑에 주민~번호 이름까지
제 삶 접어두고 남 걸로 행세하다가
주운 삶
돌려주고 나면
내 삶은 몇 푼이나 될까?

* 갓난애를 연거푸 잃어버린 부끄러움에, 잃은 자식은 사망신고를 하지 않고, 바로 밑에 태어난 자식은 출생신고를 안 해서, 형의 생년월일로 살아가는 동생의 생애

진돗개 삼복을 제압

1

심신이 허하다며 개장국 집 문전성시
뱀장어 집 찾는 사람 한 줄로 늘어서고
삼계탕 먹는 것보다
잠자리 훨 즐겁다네

기력이 좋아지고 의욕이 넘친다며
말은 점잖아도 속 다른 엉큼한 데가
생전 첨 찾는 보신탕집
저녁이 기다려진다

2

용맹한 진돗개 삼복을 제압하는 밤
개 조심 허투루 듣고 큰소리만 펑펑
거드름 피던 세파도
진돗개에 기죽는다

참외의 참상

참외는 태생부터 외로움의 반쪽일까?
꽃자리에 홀로 앉은 황금빛 무색하고
첫음절 '참' 자를 붙여
물 외*와 차별한다

매지구름 돌풍에 작달비 쏟아질 조짐
원두막 다락방 삼굿 열기 달아오르면
번개 칼
두 동강 내고
천하를 호령한 천둥

벙거지 허수아비 꿀참외 마수걸이에
'보리 주면 외 안주랴'
단호한 외상 사절
겉 깎고
속 훑어 버린
군살 뺀 삶의 참상이다

* 물 외 : 오이의 방언

처서, 그 언저리

오동잎 그늘 속에 해묵은 빈집 한 채
보름달 서성이다 하룻밤 묵을 요량인가
처서의 땅속 냉기류
무 배추 파종하라네

가슬가슬 마른하늘 별빛은 콩 볶듯 튀고
섬돌 밑 귀뚜라미 풋 가을 익는 소리
오소소 쏟아지는 참깨
누구의 솜씨인가?

이슬 젖은 새벽길 살포시 내린 단풍잎
방아깨비 깜짝이야 모둠발로 펄쩍 뛰고
참억새 독 오른 칼날
하늬바람 난도질한다

5부

초봄 나들이

꽃샘추위 굽이 돌아 진창길로 오는 봄
개나리 반가운 듯 빙그레 수줍음 타고
백목련 함박웃음에 봄빛을 환영한다

땅김 쐰 바위틈 쑥 나물 고개 내밀고
녹황색 목도리로 멋 내고 봄빛 쬘 때
병아리 쫑알거리며 봄나들이 출반주다

옹달진 골짜기에 고여 앉은 물웅덩이
유리지붕 덮어쓴 속내 꽁꽁 얼어붙어
옹달샘 얼음 풀리면 가재 오금 풀린다

추 염 秋焱*

여기가 어디인가, 바람 부는 부둣가에
깡마른 낯선 사내 성깔깨나 있어 뵌다
누구를 기다리는지
눈동자 희번덕거리고

풍문에 처외삼촌 사위 됐던 염 서방네
생선회 포 뜨고 매운탕 끓인다던데
낯빛은 저리 핼쑥할꼬?
뼈 바르다 염장 찔렸나

청해진 바다에 일렁이는 장보고 영상
푸른 깃발 앞세워 뱃길을 호령할 때
수궁에 회칼 품은 추염
해룡海龍을 해치는구나

* 추염 : 전남 완도군 청해진 부둣가의 횟집 간판. 예리하고 날카롭게 회 뜨는 솜씨

치매 걸린 당산나무

선잠 깬 새벽 노인 '어~어험' 헛기침에
유년을 배낭에 담아
옛 고샅길 더듬을 때
묵혀 둔
대청마루에
사물놀이 하는 참새 떼

몇 살이나 먹었을꼬! 나이테도 갉아먹고
헛배 부른 당산나무
허리에 금禁줄을 치고
링거 줄
주렁주렁 달린
치매기가 역력하다

캡슐 속 자서전

액자 속에 갇혀서 꼼짝달싹 못하고
비켜앉은 삶의 현장 관망의 칠십 년
기제사 향내 맡으며
빛바랜 세월 음복한다

캡슐의 뚜껑 열고 그 사연 펼쳐보면
급하게 떠나야 할 이유를 알 텐데
얼마나 애달았을까?
보고 보고 뒤돌아보며

이골 난 삶의 두랑 오지랖에 감추고
남몰래 찾아와서 조용히 지켜보다
삼경쯤 꿈에 나타나
헛기침 인기척 한다

코끝 시린 매향

햇빛에 그늘진 곳 달빛도 외 돌아가는
날파람 스친 움막 굽은 등 움츠리고
새벽녘
발 시린 샛별
추녀 끝에 동동거리네

매화 향 코끝 시려 두 손으로 감쌀 때
목련은 입덧하며 진통 속에 혀 빼물고
섬진강
돌배기 은어
자맥질 물수제비뜬다

콩, 팥의 소임

1
콩 팥은 생김새나 느낌이 이종 간인 듯
성품이 탱글탱글 맹랑하고 당돌한 게
바늘로 쿡쿡 찔러도
피, 한 방울 안 날 것 같다

콩깍지는 알면서 팥깍지는 왜 모르는가?
팥으로 메주 쑨다면 누군들 믿을까마는
제각각 소임이 달라
장맛 따로, 죽 맛 따로지

2
당뇨병에 콩팥 기능 마비된 부실한 사람
방광에 고인 불순물 힘들게 배설하네
콩과 팥 화합할 적에
건강한 몸 유지된다

팔도 김장

대관령 고랭지 배추 삼천 포기 다듬어
신안 땅 천일염 소금물에 절이고
청양 고춧가루에 버무려 경상도 전라도 아지매
마주 앉아 속 비벼 넣는다
절반의 겨울 양식을 해결하는 김장김치

의성 마늘 진안 더덕 짓이긴 속박으로
돌산 갓김치에 옹진반도 까나리젓 골고루 섞어서
충청도 경기도 아줌마 오순도순 살갑게
뒤적거린 품앗이
비빔밥 참기름치고 팔도강산 맛 자랑한다

묵은김치 돼지고기 막걸리가 三 合인데
동치미 백김치는 동지팥죽 궁합 맞고
순천 땅 쌉싸래한 고들빼기김치 노릇노릇한
갈치구이는 잃어버린 입맛을 되찾는다
김장독 항아리 속에 어머니 손맛 숙성되고

포승줄

그물망 펼쳐놓고 밤낮으로 잠복근무
힘없는 이슬방울 뒷덜미 움켜쥔다
진범은
죄다 놓치고
순수한 맹물뿐인데

왕매미 걸려들 때 포승줄 엉망진창
퍼덕거린 날개에 삼 동네 소문나고
그 소란
퍼지는 날에
참새는 불로소득 한다

폭설의 시학

양지바른 담장 밑 고사리손 앙증맞고
둘러친 바람벽에 두 볼 감싼 싹苗순이
새빨간 도로포장에 백설기 쌓여 있다

목멱산 소나무에 날개 펼친 해오라기
시베리아 찬바람 깃털 속에 데워놓고
헐벗은 자귀나무를 포근하게 감싸주네

달빛 받아 쑥쑥 자란 꾀벅쟁이 고드름
안주인 침실 엿보며 통통하게 굵어져
창문 밖 추녀 끝자락 물구나무를 선다

플라타너스 향

한국에 귀화하여 가로수로 자리 잡고
어쩌다 까치둥지 기둥 노릇하면서
이파리
젖은 향 물고
바람 따라 놀아난다

체취에 낯설어 외면하고 지내다가
비 온 날, 품 안에 들어 소낙비 피하고
암내도
정들면 향수
타, 고향 구분이 없네

해거름, 초상肖像

마시고 버린 소주병 하나에 백 원인데
술 덜 깬 맥주병은 몇 푼이나 쳐주나!
해거름 쭈그렁 삶이
손수레에 실린다

폐품 줍는 허드렛일 숨차게 주워 모은
쌈짓돈 모인 재미로 허허로움 채워주고
스스로 벌어 쓴 용돈
삶의 무게 덜어주네

진흙땅 뚜벅뚜벅 뒤돌아본 뒤안길에
빗물 고인 자국마다 뉘우침 침전되어
다시는 밟지 않으려고
한 발짝 훌쩍 건너뛴다

새해맞이

선달그믐 해넘이를 문틈으로 보내고
설날 아침 해돋이 버선발로 맞이한다
빙 돌아
밟아온 여정
삼백육십 닷새 길

서역 땅 수천만 평 더듬어 살피다가
오늘은 동녘 벌을 조용히 비춰본다
하루쯤
묵으려 해도
날 잡힌 경칩 때문에…

해묵은 동구 밖

안태본 동구 밖을 잊어버린 지 칠십 년
반겨줄 사람 다 떠나고 낯가림이 심하다
묵정밭
해묵은 땅에
망향 초 피고 지고

한 번쯤 고개 들어, 내다보고 싶은 그곳
뒤꿈치 곧추세워 하늘 멀리 손차양하면
아버님
헛기침 소리
사립문에 서성인다

해지기 전에

해 보지도 않았으며 어렵다고 포기하는
지레 겁먹은 얼간이 누울 자리부터 찾고
씨름은
샅바를 잡아
겨뤄 봐야 승패가 난다

달려들어 실패해도 뒷짐 진 구경꾼보다
땀 흘려 겨뤄 보면 힘도 꾀도 생길 터
"해 봐라!"
해지기 전에
삶도 연습이 필요하다

홍시의 덕행德行

떫은맛 우린 땡감
갈 볕 쬐고 때깔이 곱다
백년손님 입맛대로 맞춤형 간을 맞춘
반포 조
오지랖 속에
챙겨 넣는 저 효심

뙤약볕 천둥·번개
한 생애 농익을 때
아찔한 난간 잡고 발바닥 간지럽구나
까만 밤
등불 내걸고
고향 찾는 멧새, 길 밝힌다

홍어의 능청

납작 엎드려 슬슬 기는 척하는 저 품새
누군가에 밟히기 전에 스스로 밟혀주는
잡초의
뿌리 깊은 근성
내력의 대물림인가!

넘어진 놈 함부로 짓밟지 마라, 꿈틀한다
고춧가루 물 마시고 이슬 걸러 마신 양
시치미
떼는 저 낯빛
살아남으려는 능청이다

삐딱한 눈동자로 흘겨보는 아니꼬움
밑바닥 훑다가도 수틀리면 뒤집어버린
톡 쏘는
홍어의 아린 맛
코끝 찡하고 눈물 맵다

횃불 든 목멱산

북악의 속사정을 청계천에 풀어놓고
고였다 여울지며 출렁출렁 흘러갈 때
세풍에 주름살 지고
하얀 버캐 쌓인다

가부좌 틀고 앉아 곁눈질로 감시하다
산세 억센 삼각산 바람꽃 피어나면
두견화 피는 강 언덕
선홍빛이 비릿하고

북촌에 이는 먹구름 홍살문 세우려다
이슥한 밤 그 흉계 소쩍새 고자질로
목멱산 횃불 오르고
파수꾼으로 밤샌다